JN093337

本井英句集

令和俳句叢書

守る

MORU
MOTOI EI

ふらんす堂

目次

平成二十七年…………5
平成二十八年…………25
平成二十九年…………47
平成三十年…………69
平成三十一年・令和元年…………87
令和二年…………109
令和三年…………133
令和四年…………155
あとがき…………179
初句索引…………183
季題索引…………187

句集　守る《もる》

（もる）

平成二十七年

とめどなき湯玉めでたし福沸

招かれて女所帯や歌留多の夜

匍匐ひて人無きごとし海鼠舟

霜柱きらり暫くしてきらり

鶯の遠きはお俠《キヤン》近きは艶《エン》
尾を止めてゆらりと蝌蚪の着底す

蘆の角生活《タツキ》の水も流れそひ

耕人にいつまで低く夕日かな

つばくらめ風つよければ勁く飛ぶ

翡翠のくくと噦《シャックリ》したりける

芍薬の蕾に案の如く蟻

薔薇の名となりてより幸薄かりき

松蟬の声の潮の空に充つ

夏帽をかるく押さへる肘真白

突き上げて大噴水や北の街

箱庭の船頭口を開けたまま

泉辺に子供のやうなワンピース

斑猫は水を舐めたり耳を掻いたり

一茎に欠き痕いくつオクラ咲き
合歓の実は風にぺらぺらぺらぺらす

芭蕉葉や雨にまんべんなく濡れて

露の身をいまドトールの椅子に置き

曼珠沙華の赤き睫毛の尖の金
国原の蛇といふ蛇穴に入る

磯原の鴫ごと暮れて沖明かり
包丁の顎も使ひて栗を剝く

小鳥らは小枝伝ひに流れ去り
鷹柱のぼりつめては滑り去る

牡蠣筏より飛び乗つて来し男

どんよりと新海苔黒し浪のむた

猪の犬に咬まれるたびの声

雪吊や代々つづく医家と見え

川漁は閉ぢて楮を蒸す日頃

鴨の頬お多福風邪のやうに張り

風邪ひきて二重瞼がちよと嬉し

平成二十八年

手に提げて「とらや」は重し寒見舞

煮凝がごはんで溶けてゆくかをり

岬宮に位階とてあり冬椿

坂あれば橋橋あれば春の水

照らされておお水送りの瀧枕

松明やお水送りも火もてなす

忘れゐし忘れられけむ春寒し

うはずりし鱵の見ゆる波間かな

雛の忌の立子の墓にチョコレート

囀を仰げば柄長そのかたち

雉の夫間遠に啼いて風の村

二夕声目嗄れて雉《キギス》の夫あはれ

青葉潮くつがへるなく湾に充ち

ひいひやうと唄ふ磯鵯青葉潮

軽トラの徐行ゆらゆら杉落葉

にいにい蟬抑揚なきが疎ましや

藻刈舟足の踏み場も無きほどに
藻刈川江戸に通じてゐし頃も

追ひ喰ひの魚信楽しや鰺の竿

気動車の匂ひたのもし野は茂り

フラダンス・ショー再開や虹も立ち

茶畑に刺さつてをりぬ虹の脚

汗の玉太りひつつき流れ落ち
子規庵に冷房がよく効いてゐし

裏を伝ふ蟻の影あり黄蜀葵

天牛《カミキリ》の宙をゆく立ち姿かな

ここの空にまだ何か用秋燕

稲の香に充たされてをる出湯の闇

山雀のほつぺたのうす汚れをる

濁酒蒲《ホ》柳《リユウ》の身たあ笑はせる

鬱然と真夜の山なみ鰻落つ

川の名の変はりてさらに鰻落つ

お酉様お店持ちたるうれしさに

綿虫を摑まんとしてをるらしき

サンライズ瀬戸小夜時雨くぐり抜け

グエンさんゴさんさん勤労感謝の日

引つちぎり鷲の喰らへるもの真つ赤

離陸機や冬の霞を這ひのぼり

平成二十九年

双六の折れ目に駒のころげけり

寒晴に消防ホース掲げ干し

列柱の南都銀行日脚伸ぶ

梅の枝くぐりて少しよろけたり

盆梅の花のすくなもよろしけれ

水替へて根がうれしさうクロッカス

剪定やラジオの音をめいつぱい

一ト本を剪定したる枝の山

犬筥の犬の器量に佳きわろき

帰る鳥の眼下を過ぐる沼いくつ

はこべらに掌《テ》をかぶすればやはらかし

卒業の日の「おはよう」を交はし合ひ

花の雨焼き場に送るバスも着き

亀鳴くや夜舟のありしころのこと

雨風に古巣の腰の抜けはじめ

しばらくを春潮に置き箱眼鏡

落ちそめて雲雀大きくながれけり

若蘆や手旗のやうに葉をかまへ

雀蜂の喰らひ残せし翅四枚

吾が断ちし根ツ切虫の天寿かな

虫喰ひが池塘のやうや蕗広葉

春蟬の空蟬といふ小さかりき

夏潮が引けば甘藻は横たはり
波乗に良き波来ればたてつづけ

忍冬の蕾ぞ袋角めける

芍薬の蕾天窓ひらきけり

緑蔭に放水銃のそれとあり

ぶつつりと胴を断たれて蛇にほふ

翡翠がつきささりゆく向かう岸

海原《クルーズ》が過ぎ去つてゆく昼寝かな

鱒池にすれつからしの鱒の夏

女郎花の黄をつらぬける雨の針

菊人形草摺まこと華やかに

灯を消せば菊人形の香ぞ満つる

鶺鴒や追ひ抜きさうに追ひすがり

浮かび出てキンクロハジロ目ばたきせぬ

曳き波に枯蘆がまた囁ける

雁木うち全但バスの停留所

抗癌剤投与

しやつくりも副作用とよ冬日和

去年今年身に病変を抱きながら

平成三十年

病室の鏡にも雪降り止まぬ

点滴の外れて朝の熟寝かな

根治とは信ずることば花の下
反転の刹那つばくら翼閉ぢ

雉啼けば旅愁さらなる朝餉かな

氷室への径の踊子草のころ

サーファーのもんどり打つは常のこと
初心者は初心者むきの波に乗り

夏燕出会ひがしらに追ひ追はれ

蜑路地の顔の高さをつばくらめ

舟虫の追ひおとされて泳ぐあり

癒えてゆく身に涼風をほしいまま

水鉢の目高や出会ひては弾け

氷室口溶岩《ラヴァ》をいかつく積みあげて

花落ちて山梔子はやも五稜なす

片舷にかたむくボート夜光虫

駒草の影を朝日がいま作る

病ひには触れず日焼を褒めくれし

小諸駅

涼風や改札柵をあふれ吹き

藻の花を梳る水もつれあひ

江ノ電の涼しきは極楽寺のあたり

ばら撒いて白ならぬなきヨットの帆

太刀魚のだんびらを釣り上げにけり

吻《フン》の黄の美しきほど佳き秋刀魚

女郎蜘蛛にあばよと告げて離れけり

秋の蚊に喰はるることも恢復期

星くばるまで秋晴でありにけり

シスターは感嘆しきり菊花展

槍投げの槍ぞ冬日をふりほどき

「歩こう会」は流れ解散酉の市

水仙や腓の日ざし心地よく

充電のごとく冬日に身をさらし

平成三十一年・令和元年

切山椒のどの色も春おもはしむ

くすぐりの少し度が過ぎ初芝居

鉄橋の吼えては黙し寒の闇
暁の浮寝の陣や黒とのみ

鴨は鴨鵜は鵜でくらし頭《トウ》首《シュ》工《コウ》

マフラーに顎をうづめて憎みけり

白菜の畝に残すは首級めき

自己紹介すませ野焼に加はりぬ

立ち込みて腰の高さに蜆舟

着陸機の腹過ぎてゆく蜆採

文士村とて似顔絵もあたたかし

英霊の叔父さんのこと磯遊

はるかなる海を見届け遅桜

熊蜂の浮かびをりしが翔り消ゆ

戻りくる漁船に卯浪追ひすがり

蚕豆を莢ごと焼ける馳走にて

食べかけがあれこれ老の冷蔵庫

尻の肉落つれば硬し涼み石

こみあげて堰を切りたり虎が雨

男は死に女は生きて虎が雨

箱釣の箱立てかけてありにけり

藻の花や養鱒場に棲む家族

一ト跨ぎして雪渓の人となる

蹴り込んで午後の雪渓ほとびがち

林中に避暑地の中華レストラン

起きあがる稽古してゐるヨットかな

囮鮎送り出すとき膝ゆるめ

片陰に踏み入れば風ながれをり

生きてゐるだけで御《オン》の字花野ゆく

羚羊の声のヒューンと露けしや

白木槿白よりほかの色知らず
いつの間に鯛の熄みわたりをり

稲架立つる場所をまづ刈り取りにけり

知らぬ誰彼からも祝はれ七五三

大根を洗ふそばから一輪車

ビル影のおよびはじめし浮寝鳥

船外機止め柴漬に近づける

冬浪の甘咬みなすは和賀江島

令和二年

二輌分の雪掻いてあるホームかな

ジオラマのやうに漁港や避寒の地

別れた者同士で暮らし日脚伸ぶ

運河いま寒の底なる褐《カチン》色《イロ》

綾なして綾をほどきて芹の水

野の風にすこし味濃き稲荷寿司

梅林やわが影坊を連れまはし

あやにくの雨の境内針供養

唱へみて心地よきかなクロッカス

手びさしの右手が疲れあたたかし

ちりめんのやうに囀野にあふれ
蜂うかぶ養蜂箱のあはひかな

紫苑萌ゆはらりと驢馬の耳ほどに

桐の花ぽすと落ちぽすぽすと落ち

八箇ぴつたりお持たせの柏餅

雨の輪のあかるさにある浮巣かな

蛸壺の縄ごはごはや波止薄暑

船虫に英傑のあり凡夫あり

ヒバカリの胴水中にじつとあり

ヒバカリのつるりと小さき幼顔

毛虫焼けば数珠繫がりに墜ちにけり

槙垣をつらね海水浴の村

青嵐沼面へ皺を叩きつけ

なつかしの蚊帳吊草の茎に稜《カド》

鹿野山稽古会

瘦身の杞陽を載せて円座かな

草間時彦先生

透析の無き一日を甚平着て

萱草の蕾やすでに花の色
枝うつるときの翅色あぶらぜみ

サイクリングロード歩けば湖の秋

葛の花高きはさらに風ゆたに

芋虫の断くやうに身を反らし
芋虫の疣足もんぺ穿きにして

箸茶碗漬けつぱなしに水は澄み

秋耕の一鍬ごとの土香る

枯れてなほ屯を解かず紫苑らは

枯紫苑いづくとはなく紫に

老といふ敵は手強し一茶の忌

嵐《ラン》電《デン》に場末とてあり夕時雨

船火事の煙波間にたれこめて

船火事の船首煙の外にあり

草枯に切り幣の散らかれるかな

ワイン色なしたる落葉溜りある

令和三年

いつの頃よりか姉にもお年玉

人日や胴を輪切りに診る検査

探梅の自分土産の柚餅子かな

いぬふぐり見渡すかぎり全開す

紅梅や小腰をすこし矯めて咲く

梅林を歩すほどに膝ほぐれゆく

和する声あらざるままに蟇の声

蟇鳴くやたゆむ刹那もありながら

不揃ひの薪をくべ足し春煖炉

鵜の黒の突進透けて春の水

わらわらと咲きつらぬるは花通草
桜貝フラを習ってみようかしら

仔猫なほおぼつかなさの後ろ脚

妻をはや母と心得仔猫かな

忍冬の花鮮らしや紅はしり

青鷺の踵揚ぐれば指垂るる

鴫立庵

この庵や芭蕉巻葉もあらまほし

駐車場に月見草咲くオーベルジュ

楮《コウゾ》の実なべて淡しとうち眺め
小鷺可愛や足袋の黄も涼しげに

漆黒に一樹のかたち螢とぶ

急降下する螢火のありにけり

紫苑咲けば「やあ」と握手をしたきかな

五六枚ある蕎麦畑の白ちがふ

雲映すあたり白さよ秋の潮

絵馬に描く「め」の鏡文字堂の秋

鴨の足へなりへなりと搔く見ゆる
浮かび出て濡れてをらずよ鳰

雪といふ名の淋しさや一茶の忌

玄室へつながつてゐる落葉径

実千両色づくまへの変な色

不機嫌が許されし世や漱石忌

屏風絵の手鞠ころがり出でんとす

みやと問ひみやと応へて都鳥

到来の猪肉放つ血のかをり

寒かりけむ侘びしかりけむ国分尼寺

同乗の救急車より年の瀬を

令和四年

食積をのぞきに来ては子供たち

宝引の緒の流れゐる疊かな

墓地通り抜けて七福詣かな

韋駄天は福神ならね詣でけり

素手の子の一人まじれる雪まろげ

鴫立庵

歌枕いくつたづねて三千風忌

ゆるゆると春めきメンデルスゾーン

焼玉の音へと春の丘くだる

薄埃かうむりながら蜷すすむ

蜷が身をゆするたび砂ながれけり

海坂の裏側春の島いくつ
壺焼を副へて島定食となん

蔦の影たどれば蔦の芽の影も

員数のととのひたりし蔦若葉

一身をあふりて海月ややすすむ

山繭や常念坊もいつか消え

岩煙草あつかんべえの若葉垂れ

竹落葉を追ひぬいてゆく竹落葉

ぞわぞわと腰で歩みて毛虫たり

山法師見下ろさんとて坂登る

一病をたづさへくぐる茅の輪かな

につかにかの笑顔にかぶせ夏帽子

紅蓮やつぼむ力をなほ存し
夏雲のころがりながら消え失せし

猫扉しつらへてある網戸かな

網戸ごしの自動織機のけたたまし

水着よく似合ふおでこの女の子

黒蝶の黒、瑠璃蝶の影の黒

青鷺や頸のS字をさらに矯め

草刈機ときをりキンと弾く音

鰯雲みしりみしりと目のつまり

秋風へ木の香放ちて製材所

竹馬とも筒井筒とも月の友

「あつ星が流れた」といふスマホの声

清《キヨ》サンが好きであつたと獺祭忌

菊花展のテントの奥に何か煮る

更けつのる夜寒の舞台稽古かな

帯解の癇症なるは誰に似し

餌《エ》合《ゴウ》子《シ》の鳴ればたちまち鷹もどる

鷹匠や甘える鷹を甘えさせ

お薬師さま里へ下ろして山眠る

爐話に指失ひし事故のこと

営林署の冷蔵庫より山鯨

源流とて落葉だまりに水の音

あとがき

句集『守《モ》る』は『本井英句集』、『夏潮』、『八月』、『開落去来』、『俳句日記　二十三世』に次ぐ私の第六句集であり、平成二十七年から令和四年に至る八年間の句作を収めたものである。

句集名「守《モ》る」は、高濱虚子の昭和十四年の作「祖を守り俳諧を守り守武忌」の句に由来する。この句は当初「開戦記念日（所謂蘆溝橋事件）」を迎えるに当たって朝日新聞から徴されて詠んだものであったが、戦後の昭和三十年、何故か『俳句への道』の口絵写真として掲げられ、同年刊の『虚子自伝』では、「俳諧の鼻祖といはれるのは山崎宗鑑、荒木田守武。祖先を軽蔑するものを憎み、俳諧を乱すものと戦ふ。守武忌を修す。」との自注が施されている。つまり虚子は最晩年に至るまで「守旧派」であった訳で、筆者もまた虚子に倣って「俳諧」を「守《モ》らん」との思い

を昨今さらに深めている心情による。

ところでこの句集に収められている八年間は、私にとっては試練の時期でもあった。平成二十九年晩秋、大分進行した「咽頭癌」が発覚。その治療のため、約四ヶ月間の入院治療を余儀なくされた。さらに翌年には、その晩期合併症に苦しんだ。時を置かず「前立腺癌」を発症。今年令和五年には新たに「喉頭癌」が見つかり、結局「喉頭」の全摘手術のために、「声」を失った。今後、俳人としてどのように働くことが出来るのか。現在模索中である。

平成十九年創刊の「夏潮」には、まことに誠実で心豊かな仲間達が集ってくれているし、令和元年に庵主をお引き受けした大磯鴫立庵にも「連句」の仲間、「俳句」の仲間がいてくれる。考えてみれば何と恵まれた晩年であることかと、我ながら驚く。あらためて仲間達と、家族に感謝の気持ちを伝えたい。

なお末筆ながら、出版に際してさまざまにお助け下さったふらんす堂の山岡社長に深甚のお礼を申し上げげる。

令和五年　林鐘　　　　本井　英

著者略歴

本井　英（もとい・えい）

昭和20年　埼玉県草加生まれ。
昭和37年　慶應義塾高校在学中、清崎敏郎に師事。俳句を始める。
昭和39年　慶應義塾大学入学。「慶大俳句」に入部。俳誌「玉藻」入会。星野立子に師事。
昭和40年　「笹子会」入会。
昭和49年　「玉藻研究座談会」に加入。
昭和59年　俳誌「晴居」入会。高木晴子に師事。
昭和63年　俳誌「惜春」入会。
平成11年　同人誌「珊」参加。
平成18年　35年奉職した慶應義塾志木高校を退職。逗子の自宅にて「日盛会」開催。「惜春」退会。
平成19年　俳誌「夏潮」創刊主宰。
令和元年　大磯鴫立庵二十三世庵主就任。

句集に『本井英句集』『夏潮』『八月』『開落去来』『俳句日記　二十三世』。著作に『高浜虚子』（蝸牛俳句文庫）『虚子「渡仏日記」紀行』。『本井英集』（自註現代俳句シリーズ）『虚子散文の世界へ』。

現住所　〒249-0005　神奈川県逗子市桜山8-5-28

●初句索引

さ行

た行

舟虫の　七六
冬浪の　一〇七
フラダンス・ショー　三七
文士村とて　九四
吻の黄の　八二
紅蓮や　一六八
包丁の　一九
宝引の　一五七
星くばるまで　八四
墓地通り　一五八
盆梅の　五一

ま行

槙垣を　一二一
鱒池に　六四
松蟬の　一三
招かれて　七
マフラーに　九一
曼珠沙華の　一八
水替へて　五一
水着よく　一七〇
水鉢の　七七
実千両　一五〇
みやと問ひ　一五一
虫喰ひが　五九
藻刈川　三五
藻刈舟　三五
戻りくる　九六
藻の花や　九九
藻の花を　八〇

や行

焼玉の　一六〇
病ひには　七九
山雀の　四一
山法師　一六六
山繭や　一六四
槍投げの　八五
雪吊や　二二
雪といふ　一四九
ゆるゆると　一六〇

ら行

嵐電に　一二九
涼風や　八〇
緑蔭に　六二
離陸機や　四五
林中に　一〇一
列柱の　五〇
爐話に　一七七

わ行

ワイン色　一三一
若蘆や　五七
吾が断ちし　五八
別れた者　一一二
和する声　一三八
忘れゐし　三〇
綿虫を　四三
わらわらと　一四〇

季題索引

春

時候

【春】
焼玉の音へと春の丘くだる　一六〇
海坂の裏側春の島いくつ　一六二

【春寒】
忘れゐし忘れられけむ春寒し　三〇

【春めく】
ゆるゆると春めきメンデルスゾーン　一六〇

【暖か】
文士村とて似顔絵もあたたかし　九四
手びさしの右手が疲れあたたかし　一二五

天文

【花の雨】
花の雨焼き場に送るバスも着き　五五

地理

【春の水】
坂あれば橋橋あれば春の水　二八
鵜の黒の突進透けて春の水　一三九

【春潮】
しばらくを春潮に置き箱眼鏡　五六

生活

【壺焼】
壺焼を副へて島定食となん　一六二

【春暖炉】
不揃ひの薪をくべ足し春煖炉　一三九

【野焼】
自己紹介すませ野焼に加はりぬ　九二

【耕】
耕人にいつまで低く夕日かな　一〇

［剪定］
剪定やラジオの音をめいつぱい　五三
一ト本を剪定したる枝の山　五三
［磯遊び］
英霊の叔父さんのこと磯遊　九四
［朝寝］
点滴の外れて朝の熟寝かな　七一
［卒業］
卒業の日の「おはよう」を交はし合ひ　五四

行事

［針供養］
あやにくの雨の境内針供養　一一四
［雛祭］
犬筥の犬の器量に佳きわろき　五三
［若狭のお水送り］
照らされてお水送りの瀧枕　一一九
松明やお水送りも火もてなす　一一九
［三千風忌］
歌枕いくつたづねて三千風忌　一一九
［立子忌］
雛の忌の立子の墓にチョコレート　三

動物

［猫の子］
仔猫なほおぼつかなさの後ろ脚　一四一
妻をはや母と心得仔猫かな　一四一
［亀鳴く］
亀鳴くや夜舟のありしころのこと　五五
［お玉杓子］
尾を止めてゆらりと蝌蚪の着底す　九
［鶯］
鶯の遠きはお俠近きは艶　九
［雉］
雉の夫間遠に啼いて風の村　三三
二タ声目嗄れて雉の夫あはれ　三三
雉啼けば旅愁さらなる朝餉かな　七三
［雲雀］
落ちそめて雲雀大きくながれけり　五七
［燕］
つばくらめ風つよければ勁く飛ぶ　一一
反転の刹那つばくら翼閉ぢ　七三
蜑路地の顔の高さをつばくらめ　七五

［鳥帰る］
帰る鳥の眼下を過ぐる沼いくつ　五三
［囀］
囀を仰げば柄長そのかたち　三
ちりめんのやうに囀野にあふれ　一一六
［古巣］
雨風に古巣の腰の抜けはじめ　五六
［鱵］
うはずりし鱵の見ゆる波間かな　三〇
［桜貝］
桜貝フラを習つてみようかしら　一四〇
［蜆］
立ち込みて腰の高さに蜆舟　九三
着陸機の腹過ぎてゆく蜆採　九三
［蜷］
薄埃かうむりながら蜷すすむ　一六一
蜷が身をゆするたび砂ながれけり　一六一
［蜂］
雀蜂の喰らひ残せし翅四枚　五八
熊蜂の浮かびをりしが翔り消ゆ　九五
蜂うかぶ養蜂箱のあはひかな　一一六
［春蟬］
松蟬の声の潮の空に充つ　一三
春蟬の空蟬といふ小さかりき　五九

植物

［梅］
梅の枝くぐりて少しよろけたり　五〇
盆梅の花のすくなもよろしけれ　五一
梅林やわが影坊を連れまはし　一一四
梅林を歩すほどに膝ほぐれゆく　一三七
［紅梅］
紅梅や小腰をすこし矯めて咲く　一三七
［花］
根治とは信ずることば花の下　七二
［遅桜］
はるかなる海を見届け遅桜　九五
［通草の花］
わらわらと咲きつらぬるは花通草　一四〇
［クロッカス］
水替へて根がうれしさうクロッカス　五一
唱へみて心地よきかなクロッカス　一一五

[蔦の芽]
蔦の影たどれば蔦の芽の影も　一〇三
[蔦若葉]
貝数のととのひたりし蔦若葉　一〇三
[蘩蔞]
はこべらに掌をかぶすればやはらかし　五四
[芹]
綾なして綾をほどきて芹の水　一一三
[犬ふぐり]
いぬふぐり見渡すかぎり全開す　一二六
[蘆の角]
蘆の角生活の水も流れそひ　一〇
[蘆若葉]
若蘆や手旗のやうに葉をかまへ　五七

夏

時候

[夏]
鱒池にすれつからしの鱒の夏　六四
[薄暑]
蛸壺の縄ごはごはや波止薄暑　一一九
[涼し]
江ノ電の涼しきは極楽寺のあたり　八一
小鷺可愛や足袋の黄も涼しげに　一四

天文

[夏の雲]
夏雲のころがりながら消え失せし　一六八
[青嵐]
青嵐沼面へ皺を叩きつけ　一三
[涼風]
癒えてゆく身に涼風をほしいまま　七六
涼風や改札柵をあふれ吹き　八〇
[虎が雨]
こみあげて堰を切りたり虎が雨　九八
男は死に女は生きて虎が雨　九八
[虹]
フラダンス・ショー再開や虹も立ち　三七
茶畑に刺さつてをりぬ虹の脚　三七
[片蔭]
片陰に踏み入れば風ながれをり　一〇二

地理
[雪渓]
一ト跨ぎして雪渓の人となる　一〇〇
蹴り込んで午後の雪渓ほとびがち　一〇〇
[卯波]
戻りくる漁船に卯浪追ひすがり　九六
[夏の潮]
夏潮が引けば甘藻は横たはり　六〇
[青葉潮]
青葉潮くつがへるなく湾に充ち　二三
ひいひやうと唄ふ磯鶫青葉潮　二三
[泉]
泉辺に子供のやうなワンピース　一五

生活
[甚平]
透析の無き一日を甚平着て　一二三
[海水着]
水着よく似合ふおでこの女の子　一七〇
[夏帽子]
夏帽をかるく押さへる肘真白　一三
につかにかの笑顔にかぶせ夏帽子　一六七
[鮓]
野の風にすこし味濃き稲荷寿司　一一三
[柏餅]
八箇ぴつたりお持たせの柏餅　一一八
[噴水]
突き上げて大噴水や北の街　一四
[円座]
痩身の杞陽を載せて円座かな　一二三
[網戸]
猫扉しつらへてある網戸かな　一六九
網戸ごしの自動織機のけたたまし　一六九
[冷房]
子規庵に冷房がよく効いてゐし　二八
[冷蔵庫]
食べかけがあれこれ老の冷蔵庫　九七
[草刈]
草刈機ときをりキンと弾く音　一七一
[藻刈]
藻刈舟足の踏み場も無きほどに　二五
藻刈川江戸に通じてゐし頃も　二五

[避暑]
林中に避暑地の中華レストラン　一〇一
[納涼]
尻の肉落つれば硬し涼み石　九七
[ヨット]
ばら撒いて白ならぬなきヨットの帆　八一
起きあがる稽古してゐるヨットかな　一〇一
[サーフィン]
波乗に良き波来ればたてつづけ　六〇
サーファーのもんどり打つは常のこと　七四
初心者は初心者むきの波に乗り　七四
[海水浴]
槙垣をつらね海水浴の村　一三
[箱釣]
箱釣の箱立てかけてありにけり　九九
[箱庭]
箱庭の船頭口を開けたまま　一四
[汗]
汗の玉太りひつつき流れ落ち　三八
[日焼]
病ひには触れず日焼を褒めくれし　七九
[昼寝]
海原が過ぎ去つてゆく昼寝かな　六三

行事

[氷室]
氷室口溶岩をいかつく積みあげて　七七
[夏越]
一病をたづさへくぐる茅の輪かな　一六七

動物

[蟇]
和する声あらざるままに蟇の声　一三八
蟇鳴くやたゆむ刹那もありながら　一三八
[蛇]
ぶつつりと胴を断たれて蛇にほふ　六三
ヒバカリの胴水中にじつとあり　一二〇
ヒバカリのつるりと小さき幼顔　一二〇
[翡翠]
翡翠のくくと噦したりける　一一
翡翠がつきささりゆく向かう岸　六三
[水鳥の巣]
雨の輪のあかるさにある浮巣かな　一一八

[青鷺]
青鷺の踵揚ぐれば指垂るる 一四二
青鷺や頸のS字をさらに矯め 一七一
[夏燕]
夏燕出会ひがしらに追ひ追はれ 七五
[山雀]
山雀のほつぺたのうす汚れをる 四一
[鮎]
囮鮎送り出すとき膝ゆるめ 一〇二
[目高]
水鉢の目高や出会ひては弾け 七七
[鯵]
追ひ喰ひの魚信楽しや鯵の竿 三六
[船虫]
舟虫の追ひおとされて泳ぐあり 七六
船虫に英傑のあり凡夫あり 一一九
[水母]
一身をあふりて海月ややすすむ 一六四
[夏の蝶]
黒蝶の黒、瑠璃蝶の影の黒 一七〇
[天蚕]
山繭や常念坊もいつか消え 一六四
[毛虫]
毛虫焼けば数珠繋がりに墜ちにけり 一三二
ぞわぞわと腰で歩みて毛虫たり 一六六
[根切虫]
吾が断ちし根ツ切虫の天寿かな 五八
[蛍]
漆黒に一樹のかたち螢とぶ 一四五
急降下する螢火のありにけり 一四五
[天牛]
天牛の宙をゆく立ち姿かな 三九
[斑猫]
斑猫は水を舐めたり耳を掻いたり 一五
[蟬]
にいにい蟬抑揚なきが疎ましや 三四
枝うつるときの翅色あぶらぜみ 一三四
[蜘蛛]
女郎蜘蛛にあばよと告げて離れけり 八三
[夜光虫]
片舷にかたむくボート夜光虫 七八

植物

［薔薇］
薔薇の名となりてより幸薄かりき　三

［梔子の花］
花落ちて山梔子はやも五稜なす　七八

［茂］
気動車の匂ひたのもし野は茂り　三六

［緑蔭］
緑蔭に放水銃のそれとあり　六三

［常磐木落葉］
軽トラの徐行ゆらゆら杉落葉　三四

［忍冬の花］
忍冬の蕾ぞ袋角めける　六一
忍冬の花鮮らしや紅はしり　一四二

［桐の花］
桐の花ぽすと落ちぽすぽすと落ち　一一七

［山法師の花］
山法師見下ろさんとて坂登る　一六六

［竹落葉］
竹落葉を追ひぬいてゆく竹落葉　一六五

［芍薬］
芍薬の蕾に案の如く蟻　三
芍薬の蕾天窓ひらきけり　六一

［黄蜀葵］
裏を伝ふ蟻の影あり黄蜀葵　三九

［玉巻く芭蕉］
この庵や芭蕉巻葉もあらまほし　一四三

［蚕豆］
蚕豆を莢ごと焼ける馳走にて　九六

［藺］
虫喰ひが池塘のやうや藺広葉　五九

［蓮］
紅蓮やつぼむ力をなほ存し　一六八

［月見草］
駐車場に月見草咲くオーベルジュ　一四三

［岩煙草］
岩煙草あつかんべえの若葉垂れ　一六五

［萱草の花］
萱草の蕾やすでに花の色　一三四

［蚊帳吊草］
なつかしの蚊帳吊草の茎に稜　一三三

［踊子草］
氷室への径の踊子草のころ　七三
［駒草］
駒草の影を朝日がいま作る　七九
［藻の花］
藻の花を梳る水もつれあひ　八〇
藻の花や養鱒場に棲む家族　九九
［楮の実］
楮の実なべて淡しとうち眺め　一四四

秋

時候

［秋］
サイクリングロード歩けば湖の秋　一三五
絵馬に描く「め」の鏡文字堂の秋　一四七
［夜寒］
更けつのる夜寒の舞台稽古かな　一七五

天文

［秋晴］
星くばるまで秋晴でありにけり　八四
［鰯雲］
鰯雲みしりみしりと目のつまり　一七二
［流星］
「あつ星が流れた」といふスマホの声　一七三
［秋風］
秋風へ木の香放ちて製材所　一七二
［露］
露の身をいまドトールの椅子に置き　一七
羚羊の声のヒューンと露けしや　一〇三

地理

［花野］
生きてゐるだけで御の字花野ゆく　一〇三
［水澄む］
箸茶碗漬けつぱなしに水は澄み　一二七
［秋の潮］
雲映すあたり白さよ秋の潮　一四七

生活

[濁酒]
濁酒蒲柳の身たあ笑はせる　四一
[秋耕]
秋耕の一鍬ごとの土香る　一二七
[稲架]
稲架立つる場所をまづ刈り取りにけり　一〇五
[月見]
竹馬とも筒井筒とも月の友　一七三
[菊花展]
シスターは感嘆しきり菊花展　八四
菊花展のテントの奥に何か煮る　一七四
[菊人形]
菊人形草摺まこと華やかに　六五
灯を消せば菊人形の香ぞ満つる　六五

行事

[子規忌]
清サンが好きであつたと獺祭忌　一七四

動物

[蛇穴に入る]
国原の蛇といふ蛇穴に入る　一八
[鷹渡る]
鷹柱のぼりつめては滑り去る　二〇
[小鳥]
小鳥らは小枝伝ひに流れ去り　二〇
[燕帰る]
ここの空にまだ何か用秋燕　四〇
[鶺鴒]
鶺鴒や追ひ抜きさうに追ひすがり　六六
[鴫]
磯原の鴫ごと暮れて沖明かり　一九
[落鰻]
鬱然と真夜の山なみ鰻落つ　四二
川の名の変はりてさらに鰻落つ　四二
[太刀魚]
太刀魚のだんびらを釣り上げにけり　八二
[秋刀魚]
吻の黄の美しきほど佳き秋刀魚　八二

［秋の蚊］
秋の蚊に喰はるることも恢復期　八三
［蜩］
いつの間に蜩の熄みわたりをり　一〇四
［芋虫］
芋虫の断くやうに身を反らし　一三六
芋虫の疣足もんぺ穿きにして　一三六

植物

［木槿］
白木槿白よりほかの色知らず　一〇四
［栗］
包丁の顎も使ひて栗を剝く　一九
［合歓の実］
合歓の実は風にぺらぺらぺらぺらす　一六
［芭蕉］
芭蕉葉や雨にまんべんなく濡れて　一七
［紫苑］
紫苑萌ゆはらりと驢馬の耳ほどに　一一七
紫苑咲けば「やあ」と握手をしたきかな　一四六
［オクラ］
一茎に欠き痕いくつオクラ咲き　一六
［稲］
稲の香に充たされてをる出湯の闇　四〇
［蕎麦の花］
五六枚ある蕎麦畑の白ちがふ　一四六
［葛の花］
葛の花高きはさらに風ゆたに　一三五
［曼珠沙華］
曼珠沙華の赤き睫毛の尖の金　一八
［女郎花］
女郎花の黄をつらぬける雨の針　六四

冬

時候

［年の暮］
同乗の救急車より年の瀬を　一五三
［寒の内］
鉄橋の吼えては黙し寒の闇　九〇
運河いま寒の底なる褐色　一一二
［冬の日］
槍投げの槍ぞ冬日をふりほどき　八五

充電のごとく冬日に身をさらし　八六
[寒し]
寒かりけむ侘びしかりけむ国分尼寺　一五二
[日脚伸ぶ]
列柱の南都銀行日脚伸ぶ　五〇
別れた者同士で暮らし日脚伸ぶ　一二二
天文
[冬晴]
寒晴に消防ホース掲げ干し　四九
しやつくりも副作用とよ冬日和　六八
[時雨]
サンライズ瀬戸小夜時雨くぐり抜け　四四
嵐電に場末とてあり夕時雨　一二九
[雪]
病室の鏡にも雪降り止まぬ　七一
[冬霞]
離陸機や冬の霞を這ひのぼり　四五
地理
[山眠る]
お薬師さま里へ下ろして山眠る　一七七
[冬の波]
冬浪の甘咬みなすは和賀江島　一〇七
[霜柱]
霜柱きらり暫くしてきらり　八
生活
[襟巻]
マフラーに顎をうづめて憎みけり　九一
[新海苔]
どんよりと新海苔黒し浪のむた　三
[牡丹鍋]
営林署の冷蔵庫より山鯨　一七八
[薬喰]
到来の猪肉放つ血のかをり　一五二
[煮凝]
煮凝がごはんで溶けてゆくかをり　二七
[雁木]
雁木うち全但バスの停留所　六七
[雪吊]
雪吊や代々つづく医家と見え　二二
[雪掻]
二輛分の雪掻いてあるホームかな　一一一

[炉]
爐話に指先ひし事故のこと　一七七
[大根干す]
大根を洗ふそばから一輪車　一〇六
[猪狩]
猪の犬に咬まれるたびの声　三
[鷹匠]
鷹匠や甘える鷹を甘えさせ　一七六
[柴漬]
船外機止め柴漬に近づける　一〇七
[紙漉]
川漁は閉ぢて楮を蒸す日頃　三
[火事]
船火事の煙波間にたれこめて　一三〇
船火事の船首煙の外にあり　一三〇
[避寒]
ジオラマのやうに漁港や避寒の地　一一一
[寒見舞]
手に提げて「とらや」は重し寒見舞　二七
[探梅]
探梅の自分土産の柚餅子かな　一三六
[雪丸げ]
素手の子の一人まじれる雪まろげ　一五九
[風邪]
風邪ひきて二重瞼がちよと嬉し　二四

行事

[勤労感謝の日]
グエンさんゴさん勤労感謝の日　四四
[帯解]
帯解の癇症なるは誰に似し　一七五
[七五三]
知らぬ誰彼からも祝はれ七五三　一〇五
[酉の市]
お酉様お店持ちたるうれしさに　四三
「歩こう会」は流れ解散酉の市　八五
[一茶忌]
老といふ敵は手強し一茶の忌　一二九
雪といふ名の淋しさや一茶の忌　一四九
[漱石忌]
不機嫌が許されし世や漱石忌　一五〇

動物

【鷹】
餌合子の鳴ればたちまち鷹もどる　一七六

【鷲】
引つちぎり鷲の喰らへるもの真つ赤　四五

【水鳥】
暁の浮寝の陣や黒とのみ　九〇
ビル影のおよびはじめし浮寝鳥　一〇六

【鴨】
鴨の頬お多福風邪のやうに張り　三
浮かび出てキンクロハジロ目ばたきせぬ　六六
鴨は鴨鵜は鵜でくらし頭首工　九一
鴨の足へなりへなりと搔く見ゆる　一四八

【鳰】
浮かび出て濡れてをらずよ鳰　一四八

【都鳥】
みやと問ひみやと応へて都鳥　一五一

【海鼠】
匍匐ひて人無きごとし海鼠舟　八

【牡蠣】
牡蠣筏より飛び乗つて来し男　二

【綿虫】
綿虫を摑まんとしてをるらしき　四三

植物

【寒椿】
岬宮に位階とてあり冬椿　二八

【仙蓼】
実千両色づくまへの変な色　一五〇

【落葉】
ワイン色なしたる落葉溜りある　一三
玄室へつながつてゐる落葉径　一四九
源流とて落葉だまりに水の音　一七八

【冬枯】
枯れてなほ屯を解かず紫苑らは　一二八
枯紫苑いづくとはなく紫に　一二八

【水仙】
水仙や腓の日ざし心地よく　八六

【白菜】
白菜の畝に残すは首級めき　九二

【草枯】
草枯に切り幣の散らかれるかな　一三

【枯蘆】
曳き波に枯蘆がまた囁ける　六七

新年

時候

【去年】
去年今年身に病変を抱きながら　六六
【七日】
人日や胴を輪切りに診る検査　一三五

生活

【喰積】
食積をのぞきに来ては子供たち　一五七
【切山椒】
切山椒のどの色も春おもはしむ　八九
【福沸】
とめどなき湯玉めでたし福沸　七
【年玉】
いつの頃よりか姉にもお年玉　一三五
【歌留多】
招かれて女所帯や歌留多の夜　七
【双六】
双六の折れ目に駒のころげけり　四九
【手毬】
屏風絵の手鞠ころがり出でんとす　一五一

行事

【宝引】
宝引の緒の流れゐる疊かな　一五七
【初芝居】
くすぐりの少し度が過ぎ初芝居　八九
【七福神詣】
墓地通り抜けて七福詣かな　一五八
韋駄天は福神ならね詣でけり　一五八

令和俳句叢書

句集　守る　もる

二〇二三年九月二五日第一刷
定価＝本体二八〇〇円＋税

●著者――本井　英

●発行者――山岡喜美子
●発行所――ふらんす堂
〒一八二―〇〇〇二東京都調布市仙川町一―一五―三八―二F
TEL　〇三・三三二六・九〇六一　FAX　〇三・三三二六・六九一九
ホームページ　http://furansudo.com/　E-mail　info@furansudo.com
●装幀――和　兎
●印刷――日本ハイコム株式会社
●製本――株式会社松岳社

落丁・乱丁本はお取替えいたします。

ISBN978-4-7814-1581-9 C0092 ¥2800E